Collection dirigée par Hélène Potelet et Georges Décote

## Charles Perrault  S0-BJL-198

# Le Chat botté
## Barbe bleue

classiques Hatier

**Texte intégral**

© Hatier
Paris 2008
ISBN : 978-2-218-93283-0

**Notes et dossiers par
Marie-Hélène Philippe,
agrégée de lettres classiques**

HATIER

## L'air du temps

### La parution des contes

■ 1697 : *Le Chat botté* et *Barbe bleue* font partie des huit contes tirés du recueil *Contes de ma mère Loye*, l'autre nom donné aux contes de Perrault.

■ En politique, le long règne de **Louis XIV** (1643-1715) entre dans sa phase de déclin. La crise économique est profonde et la famine ravage la population.

### À la même époque...

**En littérature**

■ **Molière** écrit *Le Malade imaginaire* en 1673.

■ **La Fontaine** fait paraître le dernier livre de ses *Fables* en 1694.

■ *Les Mille et Une Nuits* paraissent en 1704, traduites par Antoine Galland.

# Sommaire

Dans le carnet de lecture, les mots suivis d'une * renvoient aux définitions clés (p. 45 à 47).

L'AUTEUR

# Charles Perrault (1628-1703)

## Une brillante carrière politique et littéraire

Charles Perrault, portrait.

■ Charles Perrault est né à Paris en 1628, quelques heures après son frère jumeau François qui ne vécut que six mois. Ses parents s'occupent de son éducation. Son père, avocat, lui fait réciter ses leçons.

■ À l'âge de quinze ans, il quitte le lycée à la suite d'une querelle avec son professeur de philosophie. Il continue ses études tout seul et **acquiert une grande culture**.

■ Reçu avocat en 1651 après des études de droit, Perrault ne plaide que deux fois. Il devient bientôt **l'homme de confiance de Colbert**, le premier ministre de Louis XIV. Il exerce le métier de contrôleur général des bâtiments et jardins, surveille les grands travaux royaux et contribue à l'aménagement du parc de Versailles.

■ Parallèlement, il mène une **carrière littéraire**, devient écrivain officiel du roi et fréquente les artistes de l'époque. Il entre à l'**Académie française en 1671**.

## Le conteur

■ Marié en 1672, Charles Perrault a eu quatre enfants. Peu après la naissance du plus jeune, Pierre, il perd son épouse. Il se consacre alors à l'éducation de ses enfants, surtout à partir de 1683, où il s'est retiré de la vie publique. **Il leur raconte les histoires** qui se transmettaient oralement de génération en génération.

■ Pierre, adolescent, aurait recueilli certains contes et les aurait rédigés à sa façon. Il n'a pas dix-neuf ans quand paraît en 1697 sous sa signature « Pierre Darmancour » un recueil de huit contes merveilleux intitulé les *Contes de ma mère Loye* ou *Histoires ou contes du temps passé avec des moralités*. Charles Perrault, personnage public, académicien, n'a-t-il pas voulu signer des histoires pour enfants ? L'idée d'une littérature destinée à un jeune public était encore récente. Les *Fables* de La Fontaine étaient la première grande œuvre de ce genre. L'opinion la plus répandue est que probablement Perrault a encouragé son fils à rédiger les *Contes*, mais qu'il les a retouchés par la suite.

### Les *Contes de ma mère Loye*

Les *Contes* de Perrault sont aussi appelés **Contes de ma mère Loye**. Pourquoi ce titre ?
Le recueil, lors de sa première parution, était illustré d'une gravure représentant une paysanne filant la laine et racontant des histoires à trois enfants au coin du feu. Au-dessus d'elle, sur la porte, figure l'inscription : CONTES DE MA MÈRE LOYE (voir p. 2). Cette expression date en fait d'avant Perrault : on nommait ainsi les histoires invraisemblables et de peu de valeur que les nourrices et les grands-mères racontaient sans cesse de génération en génération ; on les comparait pour se moquer à des **oies cacardant dans les basses-cours**.

### Les origines du genre

■ Les contes furent d'abord des récits qui se transmirent **oralement** de bouche à oreille par des générations de conteurs lors de **veillées populaires et familiales**. Ces récits, destinés à **divertir** les enfants comme les adultes, ont une valeur **éducative** : ils sont souvent porteurs d'une **morale** (les bons sont récompensés et les méchants sont punis) ou cherchent **à expliquer** les énigmes de l'univers.
■ Ce n'est qu'à la fin du XVII$^e$ siècle que les écrivains se mettent véritablement à écrire des contes. **Charles Perrault** (1628-1703) est le premier fondateur du genre : avec lui naît le **conte de fées**.

## Charles Perrault

# *Le Maître Chat ou le Chat botté*

*Le Chat botté*,
illustration de
Lucien Boucher,
gravure sur cuivre,
Paris, BNF.

Un meunier ne laissa pour tous biens à trois enfants qu'il avait, que son moulin, son âne, et son chat. Les partages furent bientôt faits, ni le notaire, ni le procureur[1] n'y furent point appelés. Ils auraient eu bientôt mangé tout le pauvre patrimoine[2]. L'aîné eut
5 le moulin, le second eut l'âne et le plus jeune n'eut que le chat.

Ce dernier ne pouvait se consoler d'avoir un si pauvre lot : « Mes frères, disait-il, pourront gagner leur vie honnêtement[3] en se mettant ensemble ; pour moi, lorsque j'aurai mangé mon chat, et que je me serai fait un manchon[4] de sa peau, il faudra
10 que je meure de faim. »

Le chat qui entendait ce discours, mais qui n'en fit pas semblant, lui dit d'un air posé et sérieux : « Ne vous affligez point, mon maître, vous n'avez qu'à me donner un sac, et me faire faire une paire de bottes pour aller dans les broussailles, et vous verrez
15 que vous n'êtes pas si mal partagé que vous croyez. »

Quoique le maître du chat ne fît pas grand fond[5] là-dessus, il lui avait vu faire tant de tours de souplesse, pour prendre des rats et des souris, comme quand il se pendait par les pieds, ou qu'il se cachait dans la farine pour faire le mort, qu'il ne déses-
20 péra pas d'en être secouru dans sa misère.

Lorsque le chat eut ce qu'il avait demandé, il se botta brave-ment[6] et, mettant son sac à son cou, il en prit les cordons avec ses deux pattes de devant, et s'en alla dans une garenne[7] où il y avait grand nombre de lapins. Il mit du son et des lasserons[8] dans
25 son sac, et s'étendant comme s'il eût été mort, il attendit

1. Officier de justice.
2. Biens hérités des parents.
3. Convenablement.
4. Rouleau de fourrure dans lequel on glissait ses mains pour les protéger du froid.

5. Ne comptait pas tellement là-dessus.
6. Avec élégance.
7. Lieu boisé où vivent les lapins sauvages.
8. Laitues sauvages.

que quelque jeune lapin, peu instruit encore des ruses de ce monde, vint se fourrer dans son sac pour manger ce qu'il y avait mis.

À peine fut-il couché, qu'il eut contentement ; un jeune étourdi de lapin entra dans son sac, et le maître chat, tirant aussitôt les 30 cordons, le prit et le tua sans miséricorde.

Tout glorieux de sa proie, il s'en alla chez le roi et demanda à lui parler. On le fit monter à l'appartement de Sa Majesté où, étant entré, il fit une grande révérence au roi et lui dit :

« Voilà, Sire, un lapin de garenne que Monsieur le marquis de 35 Carabas (c'était le nom qu'il lui prit en gré de donner à son maître) m'a chargé de vous présenter de sa part.

– Dis à ton maître, répondit le roi, que je le remercie, et qu'il me fait plaisir. »

Une autre fois, il alla se cacher dans un blé[9], tenant toujours son 40 sac ouvert ; et lorsque deux perdrix y furent entrées, il tira les cordons, et les prit toutes deux. Il alla ensuite les présenter au roi, comme il l'avait fait avec le lapin de garenne. Le roi reçut encore avec plaisir les deux perdrix, et lui fit donner pour boire[10].

Le chat continua ainsi pendant deux ou trois mois à porter de 45 temps en temps au roi du gibier de la chasse de son maître. Un jour qu'il sut que le roi devait aller à la promenade sur le bord de la rivière avec sa fille, la plus belle princesse du monde, il dit à son maître : « Si vous voulez suivre mon conseil, votre fortune est faite : vous n'avez qu'à vous baigner dans la rivière à l'endroit 50 que je vous montrerai, et ensuite me laisser faire. »

Le marquis de Carabas fit ce que son chat lui conseillait, sans savoir à quoi cela serait bon. Dans le temps qu'il se baignait, le roi vint à passer, et le chat se mit à crier de toute sa force : « Au secours, au secours, voilà Monsieur le marquis de Carabas qui 55 se noie ! » À ce cri le roi mit la tête à la portière, et reconnaissant le chat qui lui avait apporté tant de fois du gibier, il ordonna

**9.** Un champ de blé.     |     **10.** Un pourboire.

à ses gardes qu'on allât vite au secours de Monsieur le marquis de Carabas.

Pendant qu'on retirait le pauvre marquis de la rivière, le chat
60 s'approcha du carrosse et dit au roi que, dans le temps que son maître se baignait, il était venu des voleurs qui avaient emporté ses habits, quoiqu'il eût crié *au voleur !* de toute sa force le drôle les avait cachés sous une grosse pierre.

Le roi ordonna aussitôt aux officiers de sa garde-robe d'aller
65 quérir[11] un de ses plus beaux habits pour Monsieur le marquis de Carabas. Le roi lui fit mille caresses[12] et comme les beaux habits qu'on venait de lui donner relevaient sa bonne mine (car il était beau et bien fait de sa personne), la fille du roi le trouva fort à son gré, et le marquis de Carabas ne lui eut pas jeté deux
70 ou trois regards fort respectueux, et un peu tendres, qu'elle en devint amoureuse à la folie.

Le roi voulut qu'il montât dans son carrosse, et qu'il fût de la promenade. Le chat, ravi de voir que son dessein[13] commençait à réussir, prit les devants, et ayant rencontré des paysans qui
75 fauchaient un pré, il leur dit : « *Bonnes gens qui fauchez, si vous ne dites au roi que le pré que vous fauchez appartient à Monsieur le marquis de Carabas, vous serez tous hachés menu comme chair à pâté.* »

Le roi ne manqua pas à demander aux faucheux à qui était ce
80 pré qu'ils fauchaient. « C'est à Monsieur le marquis de Carabas », dirent-ils tous ensemble, car la menace du chat leur avait fait peur.

« Vous avez là un bel héritage, dit le roi au marquis de Carabas.

85 – Vous voyez, Sire, répondit le marquis, c'est un pré qui ne manque point de rapporter abondamment toutes les années. »

---

**11.** Chercher.
**12.** Amabilités.

**13.** Plan, stratégie.

Le maître chat, qui allait toujours devant, rencontra des moissonneurs et leur dit : « *Bonnes gens qui moissonnez, si vous ne*
*dites que tous ces blés appartiennent à Monsieur le marquis de*
90 *Carabas, vous serez tous hachés menu comme chair à pâté.* » Le
roi, qui passa un moment après, voulut savoir à qui appartenaient
tous les blés qu'il voyait. « C'est à Monsieur le marquis de
Carabas », répondirent les moissonneurs, et le roi s'en réjouit
encore avec le marquis. Le chat, qui allait devant le carrosse,
95 disait toujours la même chose à tous ceux qu'il rencontrait ; et
le roi était étonné des grands biens de Monsieur le marquis de
Carabas.

Le maître chat arriva enfin dans un beau château dont le maître
était un ogre, le plus riche qu'on ait jamais vu, car toutes les
100 terres par où le roi avait passé étaient de la dépendance de ce
château. Le chat qui eut soin de s'informer qui était cet ogre, et
ce qu'il savait faire, demanda à lui parler, disant qu'il n'avait pas
voulu passer si près de son château, sans avoir l'honneur de lui
faire la révérence.

105 L'ogre le reçut aussi civilement[14] que le peut un ogre, et le fit
reposer.

« On m'a assuré, dit le chat, que vous aviez le don de vous
changer en toute sorte d'animaux ; que vous pouviez par exemple
vous transformer en lion, en éléphant.

110 – Cela est vrai, répondit l'ogre brusquement, et pour vous le
montrer, vous m'allez voir devenir lion. »

Le chat fut si effrayé de voir un lion devant lui, qu'il gagna
aussitôt les gouttières, non sans peine et sans péril, à cause de
ses bottes qui ne valaient rien pour marcher sur les tuiles.

115 Quelque temps après, le chat, ayant vu que l'ogre avait quitté
sa première forme, descendit et avoua qu'il avait eu bien peur.

| **14.** Poliment.

« On m'a assuré encore, dit le chat, mais je ne saurais le croire, que vous aviez aussi le pouvoir de prendre la forme des plus petits animaux, par exemple, de vous changer en un rat, en une
120 souris ; je vous avoue que je tiens cela tout à fait impossible.

– Impossible ? reprit l'ogre, vous allez voir », et en même temps il se changea en une souris, qui se mit à courir sur le plancher.

Le chat ne l'eut pas plus tôt aperçue qu'il se jeta dessus et la mangea. Cependant le roi, qui vit en passant le beau château de
125 l'ogre, voulut entrer dedans. Le chat, qui entendit le bruit du carrosse qui passait sur le pont-levis, courut au-devant, et dit au roi :

« Votre Majesté soit[15] la bienvenue dans le château de Monsieur le marquis de Carabas.

130 – Comment, Monsieur le marquis, s'écria le roi, ce château est encore à vous ! Il ne se peut rien de plus beau que cette cour et que tous ces bâtiments qui l'environnent ; voyons les dedans, s'il vous plaît. »

Le marquis donna la main à la jeune princesse, et suivant le
135 roi qui montait le premier, ils entrèrent dans une grande salle où ils trouvèrent une magnifique collation[16] que l'ogre avait fait préparer pour ses amis qui le devaient venir voir ce même jour-là, mais qui n'avaient pas osé entrer, sachant que le roi y était. Le roi charmé des bonnes qualités de Monsieur le marquis de
140 Carabas, de même que sa fille qui en était folle, et voyant les grands biens qu'il possédait, lui dit, après avoir bu cinq ou six coups : « Il ne tiendra qu'à vous, Monsieur le marquis, que vous ne soyez mon gendre. » Le marquis, faisant de grandes révérences, accepta l'honneur que lui faisait le roi ; et dès le même jour
145 épousa la princesse. Le chat devint grand seigneur, et ne courut plus après les souris, que pour se divertir.

---

**15.** Que votre Majesté soit…

**16.** Léger repas que l'on peut prendre entre midi et le soir, ou après dîner.

## MORALITÉ

*Quelque grand que soit l'avantage*
*De jouir d'un riche héritage*
150    *Venant à nous de père en fils,*
*Aux jeunes gens pour l'ordinaire,*
*L'industrie[17] et le savoir-faire*
*Valent mieux que des biens acquis.*

## AUTRE MORALITÉ

155    *Si le fils d'un meunier, avec tant de vitesse,*
*Gagne le cœur d'une princesse,*
*Et s'en fait regarder avec des yeux mourants,*
*C'est que l'habit, la mine et la jeunesse,*
*Pour inspirer de la tendresse,*
160 *N'en sont pas des moyens toujours indifférents.*

| **17.** Ici, habileté à inventer des ruses.

# Le Maître Chat ou le Chat botté

l'Heritage des Fils du Meunier. L'Ainé a le Moulin,
le Cadet l'Ane et le plus jeune le Chat.

Gravure, *Le Chat botté*, Paris, BNF.

# Étudier l'œuvre

## Ai-je bien lu ?

**1** Quels biens le meunier laisse-t-il à ses enfants ?

**2** **a.** Quelle proposition le chat fait-il à son maître ?

**b.** Quels objets le chat lui demande-t-il ?

**3** Comment le chat s'y prend-il au début du récit pour faire valoir son maître auprès du roi ?

**4** Comment s'y prend-il ensuite pour provoquer l'ascension de son maître ? À quel niveau social l'élève-t-il ?

**5** A-t-il lui aussi été bénéficiaire de l'aventure ?

## Analyser le texte

### Le narrateur *

**6** **a.** À quelle personne le narrateur mène-t-il le récit ?

**b.** Le narrateur intervient deux fois dans le conte pour faire un commentaire. Par quelle marque de ponctuation (ou typographique) ces commentaires sont-ils repérables ?

**c.** Quel est l'intérêt de ces commentaires ? Quel lien le narrateur établit-il avec le lecteur ?

### La structure du conte et les forces agissantes *

#### L'ouverture du conte

**7** **a.** Par quelle formule d'entrée* traditionnelle les contes commencent-ils en général ? Est-ce le cas ici ?

**b.** Quel est le temps du verbe de la première phrase ? Est-ce le temps que l'on trouve habituellement au début d'un conte ?

**8** **a.** Par quelle action ce conte commence-t-il ?

**b.** Qui sont les personnages dont il est question ? Quelle est leur condition sociale ?

**9** Quel est le manque ressenti par le plus jeune des enfants ?

## La succession des actions

**10** Quel est le plan du chat ? Retrouvez les différentes étapes de son action en complétant le tableau :
– stratagèmes (ruses) utilisés ;
– personnage trompé ;
– bénéficiaire du stratagème (à qui profite-t-il ?) ;
– enjeux (qu'obtient-il à chaque fois ?).

| Stratagèmes | Personnage(s) trompé(s) | Bénéficiaire | Enjeux |
|---|---|---|---|
| 1. La mort feinte | | | |
| 2. | | | |
| 3 | | | |
| 4. | | | |

## Le dénouement et la situation finale

**11** Quelle est l'action qui constitue le dénouement ?
**12** **a.** Pour qui le dénouement est-il heureux ?
**b.** Quels personnages voient leur condition se modifier ?
**13** Le chat est-il parvenu à ses fins ?

## Le cadre et le temps

**14** **a.** Relevez les indications de lieu. Montrez que les différentes actions s'accompagnent d'un changement de lieu et que chacun de ces lieux marque une étape vers la réussite.
**b.** Que symbolise le château ?
**15** Montrez en citant des exemples que l'action pourrait se dérouler dans la réalité du XVIIᵉ siècle français.
**16** Combien de temps l'action dure-t-elle approximativement ? Appuyez-vous sur les indications de temps.

## Les personnages

### Le chat

**17** **a.** Quelles sont les principales qualités du chat ? Montrez notamment qu'il est souple, habile, rusé.

**b.** A-t-il des principes moraux ? Quelles actions n'hésite-t-il pas à faire ?

**18** Montrez que le chat est dévoué à son maître mais qu'il n'est pas dépourvu d'ambition personnelle. Pour quelle raison notamment demande-t-il des bottes ? À quelle condition sociale appartenaient les gens qui portaient des bottes à l'époque ?

### Le roi et la princesse

**19** Pour quelles raisons le roi et la princesse sont-ils séduits l'un et l'autre par le « marquis de Carabas » ? Quelle image le narrateur donne-t-il de ces personnages ?

### Le fils du meunier

**20** **a.** Pour quelle raison, selon vous, le fils du meunier fait-il confiance à son chat ?

**b.** Parvient-il facilement à endosser le rôle de marquis ?

**21** Comment réussit-il à séduire la princesse ? Quelles sont ses qualités (l. 66 à 71) ? Joue-t-il un rôle actif ou passif dans l'action ?

## Les formules répétitives

**22** Relevez les formules que le chat adresse aux paysans et aux moissonneurs. Quelles sont les expressions qui se répètent ? Quel est l'effet produit par ces répétitions pour celui qui écoute ou lit l'histoire ?

## Le merveilleux *

**23** En quoi le chat est-il un élément merveilleux dans le conte ? Montrez qu'il est personnifié* mais qu'il conserve un comportement animal.

**24** **a.** Quel autre personnage rencontré par le chat relève du merveilleux ? Quel est son pouvoir ?

**b.** Montrez que ce personnage est mis en échec en exerçant son pouvoir.

### Le titre et la moralité *

**25** **a.** « Le Maître Chat » : quels sont les différents sens du mot « maître » ? Aidez-vous du dictionnaire.

**b.** Le fils du meunier est le maître du chat : qui est le véritable maître ? Qui est le véritable héros du conte ?

**26** Lisez les moralités.

**a.** À qui s'adressent-elles ?

**b.** Quelle qualité la première moralité met-elle en avant ?

**27** **a.** Quel rôle le conteur attribue-t-il à l'habit et à l'apparence (seconde moralité) ?

**b.** Quelle critique le conteur émet-il en énonçant cette moralité ?

**c.** Quels personnages sont visés ?

# Pour aller plus loin

## Étudier la langue

**28** Retrouvez la règle des mots en té/tée et écrivez correctement les mots suivants :

| | |
|---|---|
| beaut… | mont… |
| contrariét… | royaut… |
| port… | pât… |
| agilit… | pauvret… |
| témérit… | qualit… |
| dict… | assiét… |
| habilet… | |

**29** Donnez le féminin des mots suivants :

ogre, marquis, lion, roi, chat, rat, baigneur, cerf, bœuf, cheval, âne, comte, gendre, maître, meunier, aîné, paysan.

## Écrire

### Imaginer un autre opposant *

**30** Imaginez que le chat rencontre non pas un ogre mais un autre personnage merveilleux ayant des pouvoirs maléfiques. Quelle ruse le chat va-t-il utiliser ?

Consignes d'écriture

– Commencez par :

« Le maître chat arriva enfin dans un beau château dont le maître était… »

– Décrivez en quelques lignes l'être merveilleux. Précisez son pouvoir.

– Racontez la ruse du chat.

– Vous terminerez par :

Le chat, qui entendit le bruit du carrosse qui passait sur le pont-levis, courut au-devant, et dit au roi : « Votre Majesté soit la bienvenue dans ce château de Monsieur le marquis de Carabas. »

### Imaginer une suite

**31** Le chat veut s'assurer que son maître lui est reconnaissant ; il invente un stratagème pour le mettre à l'épreuve (il fait le mort par exemple). Racontez.

Consignes d'écriture

– Trouvez une phrase qui introduit l'idée qui est venue au chat.

– Présentez le stratagème et la réaction du maître.

– Terminez par une courte moralité.

## Lire et comparer

### *Les trois fileuses*, conte des frères Grimm

Il était une jeune fille paresseuse qui ne voulait pas filer et la mère pouvait dire ce qu'elle voulait, elle ne pouvait l'y contraindre. Enfin la mère fut un jour prise de colère et d'impatience et la frappa, sur quoi l'autre se mit à pleurer bruyamment. Or justement passait la reine qui entendant pleurer fit arrêter son carrosse, entra dans la maison et demanda à la mère pourquoi elle battait sa fille si bien qu'on entendait les cris dans la rue. Alors la femme eut honte de mettre en lumière la paresse de sa fille et dit : « Je ne peux pas l'empêcher de filer, elle veut sans cesse et sans trêve filer, et je suis pauvre et je ne puis lui procurer le lin. » Alors la reine répondit : « Je n'entends rien si volontiers que le ronron du rouet[1] et ne suis jamais réjouie que quand il tourne ; donnez-moi votre fille au château, j'ai du lin à suffisance, elle pourra filer tant qu'elle en aura envie. » La mère était bien contente, et la reine emmena sa fille.

Quand elles furent arrivées au château, elle la conduisit dans trois cabinets du haut qui étaient pleins du plus beau lin du plancher au plafond. « Eh bien, file-moi ce lin, dit-elle, et quand tu auras fini, tu recevras mon fils aîné pour époux ; certes tu es pauvre, mais il ne m'importe, ton zèle est une dot suffisante. »

La jeune fille frémit intérieurement car elle ne savait pas filer le lin quand même elle aurait vécu trois cents ans et y aurait passé chaque jour du matin au soir. Quand elle fut seule, elle se mit à pleurer, et resta ainsi trois jours sans remuer la main. Le troisième jour, la reine vint et, quand elle vit que rien n'était encore filé, elle s'étonna fort, mais la jeune fille s'excusa en disant que par tant de chagrin d'être loin de sa mère elle n'avait encore pu commencer. La reine accepta l'excuse mais se dit en partant : « Demain, tu me commenceras à travailler. »

1. Machine à roue servant à filer la laine, le lin...

Quand la jeune fille fut à nouveau seule, elle ne sut plus comment s'y prendre et, dans son embarras, alla à la fenêtre. Alors elle vit arriver trois bonnes femmes dont l'une avait un grand pied tout plat, la seconde une lèvre inférieure si grande qu'elle lui pendait sur le menton, et la troisième un pouce large comme ça. Elles s'arrêtèrent devant la fenêtre, regardèrent en l'air, et demandèrent à la fille ce qui n'allait pas. Elle leur plaignit son embarras, alors elles lui offrirent leur aide et dirent : « Si tu veux bien nous inviter à la noce, n'avoir pas honte de nous et nous appeler tes cousines, nous placer à ta table, nous voulons bien filer tout le lin, et cela en peu de temps.

– De tout cœur, répondit-elle ; entrez donc seulement et mettez-vous tout de suite à l'ouvrage. »

Alors elle fit entrer les trois étranges bonnes femmes et leur fit une place dans le premier cabinet où elles pussent s'asseoir et commencer à filer. L'une tirait le fil et tournait le rouet, l'autre mouillait le fil, la troisième le tordait et battait du doigt la table et chaque fois qu'elle battait, un écheveau[2] de fil tombait à terre, et il était filé de la façon la plus fine. Elle cacha les trois fileuses à la reine, et lui montra chaque fois qu'elle venait la quantité de fil filé, si bien que la reine n'en finissait plus de la complimenter. Quand le premier cabinet fut vide, on passa au second, puis au troisième et celui-là aussi fut bientôt évacué. Alors les trois bonnes femmes prirent congé et dirent à la fille : « N'oublie pas ce que tu nous as promis ; cela te portera bonheur. »

Quand la jeune fille montra à la reine les cabinets vides et le gros tas de fil ouvré[3], elle prépara la noce, et le fiancé se réjouit d'obtenir la main d'une femme aussi adroite et active, et il la couvrit de louanges[4].

---

2. Assemblage de fils repliés et liés par un fil.
3. Travaillé (le lin a été filé, c'est-à-dire transformé en fil).
4. Éloges, compliments.

« J'ai trois vieilles cousines, dit la jeune fille, et comme elles m'ont fait beaucoup de bien, je ne voudrais pas les oublier dans mon bonheur ; permettez donc que je les invite à la noce et qu'elles prennent place à table. » La reine et le fiancé dirent : « Pourquoi ne pas le permettre ? » Donc quand la fête commença, trois personnes du sexe[5] entrèrent dans un singulier équipage[6], et la mariée dit : « Soyez les bienvenues, chères cousines.

– Ah ! dit le mari, comment as-tu pu te faire des amies aussi laides ? »

Là-dessus, il alla trouver celle qui avait un pied large et demanda : « D'où vous est venu ce pied large ?

– De presser la pédale du rouet », répondit-elle.

Alors le marié alla trouver la deuxième et demanda : « D'où avez-vous cette lèvre pendante ?

– De mouiller le fil en le léchant », répondit-elle.

Alors il questionna la troisième : « D'où avez-vous ce large pouce ?

– De tordre le fil », répondit-elle.

Alors le fils de roi prit peur et dit : « Eh bien jamais au grand jamais ma belle mariée ne touchera un rouet. » Ainsi elle fut dispensée de filer le lin, ce qu'elle n'aimait pas.

Grimm, *Nouveaux contes*, traduction Jean Amsler
© Gallimard, 1996 pour la traduction française.

## La situation initiale et le début de l'action

**1** Qui sont les deux personnages présentés au début du conte ? Quelle est la situation initiale ?

**2** **a.** À partir de quelle phrase l'action commence-t-elle ? Justifiez votre réponse.

**b.** Quel personnage survient alors ? Quel mensonge permet à l'action de démarrer ?

---

**5.** Sous-entendu féminin (trois femmes).   |   **6.** Extraordinaire voiture à cheval.

## Les actions, le dénouement, la situation finale

**3** Quelle tâche l'héroïne du conte doit-elle accomplir ? En échange de quoi ?

**4 a.** Quels personnages lui viennent en aide ? Quelle est la caractéristique physique de chacun de ces personnages ?

**b.** À quoi l'héroïne s'engage-t-elle pour les remercier de leur aide ?

**5** Quel est le dénouement ?

**6** Quelle est la situation finale ? En quoi la situation de l'héroïne a-t-elle évolué entre le début et la fin du conte ? À qui doit-elle ce changement de situation ?

**7** Ce conte présente-t-il une moralité ?

## La symbolique des chiffres, le merveilleux

**8** Quelle est l'importance du chiffre trois ? Connaissez-vous d'autres contes dans lequel apparaît ce chiffre ou un autre chiffre comme le chiffre sept ?

**9** Quelle est la part du merveilleux dans ce conte ?

## Le motif de l'ascension sociale

**10** Comparez ce conte avec *Le Chat botté* : en quoi les deux contes racontent-ils une ascension sociale ? Quels personnages aident le héros ou l'héroïne dans cette ascension ? De quelle façon ?

## Écrire : imaginer d'autres adjuvants*

**11** Imaginez que trois autres personnages viennent aider la jeune fille. Décrivez-les. Que demandent-ils en échange de leur aide ?

Consignes d'écriture

– Vous commencerez par :

« Quand la jeune fille fut à nouveau seule, elle ne sut plus comment s'y prendre et, dans son embarras, alla à la fenêtre. Alors elle vit arriver… ».

– Décrivez les trois personnages (une phrase pour chacun) et continuez le conte de façon à ce qu'il se termine bien.

# Étudier une image

## L'Héritage des fils du meunier (voir p. 15)

### La nature de l'illustration

**12** Quelle est la nature de l'image (dessin, photographie, peinture…) ?

### L'analyse de l'illustration

**13 a.** Décrivez le décor, identifiez les personnages présents.

**b.** Dans quels différents plans se trouvent-ils (1er plan, 2d plan, arrière-plan) ?

**c.** Comment le chat est-il représenté ? Plutôt comme un animal ou plutôt comme un homme ? Justifiez votre réponse.

**14 a.** Que fait le chat ? Quelle partie du conte cette image illustre-t-elle ?

**b.** Imaginez ce que peut dire le maître à son chat.

### Dessiner

**15** Choisissez un passage du conte et illustrez-le par un dessin.

## Charles Perrault

# *Barbe bleue*

La *Barbe bleue* de Charles Perrault, illustration (vers 1880) d'après un dessin de Frédéric Théodore Lix (1830-1897), Paris, coll. particulière.

Il était une fois un homme qui avait de belles maisons à la ville et à la campagne, de la vaisselle d'or et d'argent, des meubles en broderie[1], et des carrosses tout dorés ; mais par malheur cet homme avait la barbe bleue : cela le rendait si laid et si terrible, qu'il n'était ni femme ni fille qui ne s'enfuît de devant lui.

Une de ses voisines, dame de qualité[2], avait deux filles parfaitement belles. Il lui en demanda une en mariage, et lui laissa le choix de celle qu'elle voudrait lui donner. Elles n'en voulaient point toutes deux, et se le renvoyaient l'une à l'autre, ne pouvant se résoudre à prendre un homme qui eût la barbe bleue. Ce qui les dégoûtait encore, c'est qu'il avait déjà épousé plusieurs femmes, et qu'on ne savait ce que ces femmes étaient devenues.

La Barbe bleue, pour faire connaissance, les mena avec leur mère, et trois ou quatre de leurs meilleures amies, et quelques jeunes gens du voisinage, à une de ses maisons de campagne, où on demeura huit jours entiers. Ce n'était que promenades, que parties de chasse et de pêche, que danses et festins, que collations[3] : on ne dormait point, et on passait toute la nuit à se faire des malices les uns aux autres ; enfin tout alla si bien, que la cadette commença à trouver que le maître du logis n'avait plus la barbe si bleue, et que c'était un fort honnête homme[4]. Dès qu'on fut de retour à la ville, le mariage se conclut.

Au bout d'un mois la Barbe bleue dit à sa femme qu'il était obligé de faire un voyage en province, de six semaines au moins, pour une affaire de conséquence ; qu'il la priait de se bien divertir pendant son absence, qu'elle fît venir ses bonnes amies, qu'elle les menât à la campagne si elle voulait, que partout elle fît bonne

---

1. Garniture qui recouvre le mobilier.
2. Noble.
3. Repas légers.

4. Au XVIIe siècle, homme d'agréable compagnie, distingué par les manières comme par l'esprit, les connaissances.

chère[5]. « Voilà, lui dit-il, les clefs des deux grands garde-meubles, voilà celles de la vaisselle d'or et d'argent qui ne sert pas tous les
30 jours, voilà celles de mes coffres-forts, où est mon or et mon argent, celles des cassettes[6] où sont mes pierreries, et voilà le passe-partout de tous les appartements. Pour cette petite clef-ci, c'est la clef du cabinet[7], au bout de la grande galerie de l'appartement bas : ouvrez tout, allez partout, mais pour ce petit cabinet,
35 je vous défends d'y entrer, et je vous le défends de telle sorte que, s'il vous arrive de l'ouvrir, il n'y a rien que vous ne deviez attendre de ma colère[8]. »

Elle promit d'observer exactement tout ce qui lui venait d'être ordonné ; et lui, après l'avoir embrassée, il monte dans son
40 carrosse, et part pour son voyage.

Les voisines et les bonnes amies n'attendirent pas qu'on les envoyât quérir[9] pour aller chez la jeune mariée, tant elles avaient d'impatience de voir toutes les richesses de sa maison, n'ayant osé y venir pendant que le mari y était, à cause de sa barbe bleue qui
45 leur faisait peur. Les voilà aussitôt à parcourir les chambres, les cabinets, les garde-robes[10], toutes plus belles et plus riches les unes que les autres. Elles montèrent ensuite aux garde-meubles, où elles ne pouvaient assez admirer le nombre et la beauté des tapisseries, des lits, des sophas, des cabinets[11], des guéridons,
50 des tables et des miroirs, où l'on se voyait depuis les pieds jusqu'à la tête, et dont les bordures, les unes de glace, les autres d'argent et de vermeil doré, étaient les plus belles et les plus magnifiques qu'on eût jamais vues. Elles ne cessaient d'exagérer et d'envier le bonheur de leur amie, qui cependant ne se divertissait point à voir
55 toutes ces richesses, à cause de l'impatience qu'elle avait d'aller ouvrir le cabinet de l'appartement bas.

---

**5.** De bons repas.
**6.** Coffrets avec serrure.
**7.** Petite pièce située à l'écart.
**8.** Vous devez tout attendre de ma colère.

**9.** Chercher.
**10.** Pièces où l'on range les vêtements.
**11.** Ici, meubles à plusieurs compartiments pour ranger des objets précieux.

Elle fut si pressée de[12] sa curiosité, que sans considérer qu'il était malhonnête[13] de quitter sa compagnie, elle y descendit par un petit escalier dérobé et avec tant de précipitation, qu'elle
60 pensa se rompre le cou deux ou trois fois. Étant arrivée à la porte du cabinet, elle s'y arrêta quelque temps, songeant à la défense que son mari lui avait faite, et considérant qu'il pourrait lui arriver malheur d'avoir été désobéissante ; mais la tentation était si forte qu'elle ne put la surmonter : elle prit donc la petite clef,
65 et ouvrit en tremblant la porte du cabinet.

D'abord elle ne vit rien, parce que les fenêtres étaient fermées ; après quelques moments elle commença à voir que le plancher était tout couvert de sang caillé, et que dans ce sang se miraient les corps de plusieurs femmes mortes et attachées le long des
70 murs (c'étaient toutes les femmes que la Barbe bleue avait épousées et qu'il avait égorgées l'une après l'autre). Elle pensa mourir de peur, et la clef du cabinet, qu'elle venait de retirer de la serrure, lui tomba de la main. Après avoir un peu repris ses esprits, elle ramassa la clef, referma la porte, et monta à sa chambre pour
75 se remettre un peu, mais elle n'en pouvait venir à bout, tant elle était émue.

Ayant remarqué que la clef du cabinet était tachée de sang, elle l'essuya deux ou trois fois, mais le sang ne s'en allait point ; elle eut beau la laver, et même la frotter avec du sablon[14] et avec
80 du grès[15], il y demeura toujours du sang, car la clef était fée, et il n'y avait pas moyen de la nettoyer tout à fait : quand on ôtait le sang d'un côté, il revenait de l'autre.

La Barbe bleue revint de son voyage dès le soir même, et dit qu'il avait reçu des lettres dans le chemin, qui lui avaient appris
85 que l'affaire pour laquelle il était parti venait d'être terminée à son avantage.

---

**12.** Poussée par.
**13.** Impoli, grossier.

**14.** Sable très fin.
**15.** Sable provenant de la roche.

Sa femme fit tout ce qu'elle put pour lui témoigner qu'elle était ravie de son prompt retour.

Le lendemain, il lui redemanda les clefs, et elle les lui donna, 90 mais d'une main si tremblante, qu'il devina sans peine tout ce qui s'était passé.

« D'où vient, lui dit-il, que la clef du cabinet n'est point avec les autres ?

– Il faut, dit-elle, que je l'ai laissée là-haut sur ma table.

95 – Ne manquez pas, dit la Barbe bleue, de me la donner tantôt[16]. »

Après plusieurs remises[17], il fallut apporter la clef. La Barbe bleue, l'ayant considérée, dit à sa femme :

« Pourquoi y a-t-il du sang sur cette clef ?

100 – Je n'en sais rien, répondit la pauvre femme, plus pâle que la mort.

– Vous n'en savez rien, reprit la Barbe bleue, je le sais bien, moi : vous avez voulu entrer dans le cabinet ! Hé bien, Madame, vous y entrerez, et irez prendre votre place auprès des dames que 105 vous y avez vues. »

Elle se jeta aux pieds de son mari, en pleurant et en lui demandant pardon, avec toutes les marques d'un vrai repentir de n'avoir pas été obéissante. Elle aurait attendri un rocher, belle et affligée comme elle était ; mais la Barbe bleue avait le cœur plus dur 110 qu'un rocher.

« Il faut mourir, Madame, lui dit-il, et tout à l'heure[18].

– Puisqu'il faut mourir, répondit-elle, en le regardant les yeux baignés de larmes, donnez-moi un peu de temps pour prier Dieu.

115 – Je vous donne un demi-quart d'heure, reprit la Barbe bleue, mais pas un moment davantage. »

---

| **16.** Bientôt. | **17.** Renvois à plus tard. | **18.** Tout de suite.

Lorsqu'elle fut seule, elle appela sa sœur, et lui dit : « Ma sœur Anne (car elle s'appelait ainsi), monte, je te prie, sur le haut de la tour, pour voir si mes frères ne viennent point ; ils m'ont promis
120 qu'ils me viendraient voir aujourd'hui, et si tu les vois, fais-leur signe de se hâter. » La sœur Anne monta sur le haut de la tour, et la pauvre affligée lui criait de temps en temps : « *Anne, ma sœur Anne, ne vois-tu rien venir ?* » Et la sœur Anne lui répondait : « *Je ne vois rien que le soleil qui poudroie*[19] *et l'herbe qui*
125 *verdoie.* »

Cependant la Barbe bleue, tenant un grand coutelas à la main, criait de toute sa force à sa femme :

« Descends vite, ou je monterai là-haut.

– Encore un moment, s'il vous plaît », lui répondait sa femme ;
130 et aussitôt elle criait tout bas : « *Anne, ma sœur Anne, ne vois-tu rien venir ?* »

Et la sœur Anne lui répondait : « *Je ne vois rien que le soleil qui poudroie, et l'herbe qui verdoie.* »

« Descends donc vite, criait la Barbe bleue, ou je monterai
135 là-haut.

– Je m'en vais[20] » répondait sa femme ; et puis elle criait : « *Anne, ma sœur Anne, ne vois-tu rien venir ?* »

– Je vois, répondit la sœur Anne, une grosse poussière qui vient de ce côté-ci.

140 – Sont-ce mes frères ?

– Hélas, non, ma sœur, c'est un troupeau de moutons.

– Ne veux-tu pas descendre ? criait la Barbe bleue.

– Encore un moment », répondait sa femme ; et puis elle criait : « *Anne, ma sœur Anne, ne vois-tu rien venir ?* »

145 – Je vois, répondit-elle, deux cavaliers[21] qui viennent de ce côté-ci, mais ils sont bien loin encore… Dieu soit loué ! s'écria-

---

**19.** Qui réduit la terre en poussière (par sa chaleur).
**20.** Je viens.

**21.** Gentilshommes à cheval portant l'épée.

t-elle un moment après, ce sont mes frères ; je leur fais signe tant que je puis de se hâter. »

La Barbe bleue se mit à crier si fort que toute la maison en
150 trembla. La pauvre femme descendit, et alla se jeter à ses pieds toute éplorée et toute échevelée. « Cela ne sert de rien, dit la Barbe bleue, il faut mourir. » Puis la prenant d'une main par les cheveux, et de l'autre levant le coutelas en l'air, il allait lui abattre la tête. La pauvre femme se tournant vers lui, et le regardant
155 avec des yeux mourants, le pria de lui donner un petit moment pour se recueillir. « Non, non, dit-il, et recommande-toi bien à Dieu » ; et levant son bras... Dans ce moment on heurta si fort à la porte, que la Barbe bleue s'arrêta tout court : on ouvrit, et aussitôt on vit entrer deux cavaliers, qui, mettant l'épée à la
160 main, coururent droit à la Barbe bleue.

Il reconnut que c'était les frères de sa femme, l'un dragon[22] et l'autre mousquetaire[23], de sorte qu'il s'enfuit aussitôt pour se sauver ; mais les deux frères le poursuivirent de si près, qu'ils l'attrapèrent avant qu'il pût gagner le perron. Ils lui passèrent
165 leur épée au travers du corps, et le laissèrent mort. La pauvre femme était presque aussi morte que son mari, et n'avait pas la force de se lever pour embrasser ses frères. Il se trouva que la Barbe bleue n'avait point d'héritiers, et qu'ainsi sa femme demeura maîtresse de tous ses biens. Elle en employa une partie à marier
170 sa sœur Anne avec un jeune gentilhomme, dont elle était aimée depuis longtemps ; une autre partie à acheter des charges de capitaine à ses deux frères ; et le reste à se marier elle-même à un fort honnête homme, qui lui fit oublier le mauvais temps qu'elle avait passé avec la Barbe bleue.

---

**22.** Soldat d'un corps militaire de cavalerie.

**23.** Gentilhomme de l'une des deux compagnies militaires de la Maison du roi.

## MORALITÉ

175

*La curiosité malgré tous ses attraits,*
*Coûte souvent bien des regrets ;*
*On en voit tous les jours mille exemples paraître.*
*C'est, n'en déplaise au sexe[24], un plaisir bien léger,*
180  *Dès qu'on le prend il cesse d'être,*
*Et toujours, il coûte trop cher.*

## AUTRE MORALITÉ

*Pour peu qu'on ait l'esprit sensé,*
*Et que du monde on sache le grimoire[25],*
185  *On voit bientôt que cette histoire*
*Est un conte du temps passé ;*
*Il n'est plus d'époux si terrible,*
*Ni qui demande l'impossible,*
*Fût-il malcontent et jaloux,*
190  *Près de sa femme on le voit filer doux ;*
*Et de quelque couleur que sa barbe puisse être,*
*On a peine à juger qui des deux est le maître.*

---

| **24.** C'est-à-dire aux femmes. | **25.** Livre difficile à déchiffrer.

## Barbe bleue

Gustave Doré
(1832-1883),
illustration pour
*Barbe bleue*
(1864), gravure.

# Étudier l'œuvre

## Ai-je bien lu ?

**1** Quel portrait le narrateur* fait-il de Barbe bleue au début du conte ? Quels sentiments ce personnage inspire-t-il au lecteur ?

**2** Comment réussit-il à prendre une épouse?

**3** **a.** Quelles recommandations fait-il lorsqu'il part en voyage?

**b.** La jeune femme respecte-t-elle ces recommandations ?

**c.** Que se passe-t-il lorsque Barbe bleue rentre de voyage ? De quoi la menace-t-il ?

**4** Qu'advient-il de la jeune femme ?

## Analyser le texte

### Le narrateur et la formule d'entrée *

**5** À quelle personne le narrateur mène-t-il le récit ?

**6** Quelle est la formule d'entrée ? S'agit-il d'une formule traditionnelle ?

**7** Relevez les commentaires du narrateur entre parenthèses. À quoi servent-ils ?

### Un conte de transgression *

#### L'interdit et la transgression

**8** **a.** À quel interdit Barbe bleue soumet-il son épouse ?

**b.** Qu'est-ce qui la pousse à transgresser cet interdit ?

**c.** Quelle découverte fait-elle ?

**d.** Dans quel état est-elle après cette découverte ?

#### La découverte de la transgression, le châtiment

**9** Quelle est la réaction de Barbe bleue lorsqu'il s'aperçoit que son épouse a transgressé l'interdit ?

**10** **a.** Quel sort est-elle sur le point de subir ? Comment s'y prend-elle pour gagner du temps ?

**b.** Quel est le personnage qui est pour elle un adjuvant * ?

## Le dénouement et la situation finale

**11** **a.** Quels sont les personnages qui surviennent et qui permettent à l'action de se dénouer ?

**b.** Qu'advient-il de Barbe bleue ?

**12** Quelle est la situation finale pour la femme de Barbe bleue, sa sœur et ses deux frères ? Cette situation est-elle heureuse ?

## Le cadre et la durée de l'action

**13** Citez des indices qui montrent que l'action se déroule au XVIIe siècle dans le milieu de l'aristocratie (aidez-vous du « Se documenter », p. 39).

**14** Évaluez la durée de l'action : à partir du mariage de Barbe bleue, et entre le moment de son retour et la fin du conte.
Montrez que l'action s'accélère.

## Le portrait de Barbe bleue

**15** **a.** Relevez les termes qui permettent de faire le portrait de Barbe bleue (l. 1 à 5). Quel est son état de fortune ?

**b.** Analysez le comportement de Barbe bleue : s'est-il absenté autant de temps qu'il l'avait annoncé ? Quelle raison donne-t-il pour expliquer son retour ? Vous semble-t-il dire la vérité ?

**c.** Relevez les éléments qui montrent la cruauté de Barbe bleue.

## Le merveilleux *

**16** **a.** Quel objet possède un pouvoir magique ?
Quel est ce pouvoir ?

**b.** Que symbolise-t-il pour la jeune femme ?

## Le suspense et la dramatisation *

**17** Relisez les lignes 92 à 157.

**a.** Combien de fois l'épouse de Barbe bleue parvient-elle à retarder la découverte de sa désobéissance puis son châtiment ?

**b.** Relevez les mots et expressions qui montrent que le temps est compté.

**c.** Relevez le champ lexical des pleurs et de la peur.

**d.** Quelle question l'épouse de Barbe bleue pose-t-elle à sa sœur ? Combien de fois ? Quelles réponses obtient-elle ?

**e.** Quel effet le narrateur cherche-t-il à produire sur le lecteur ?

## Les moralités* et la visée *

**18** **a.** La première moralité dénonce un défaut. Lequel ?

**b.** La seconde moralité présente une constatation sur le rôle de la femme dans le couple. Qu'en dit le narrateur ? Cette moralité s'applique-t-elle au conte de Barbe bleue ?

# Pour aller plus loin

## Écrire

**19** Vous avez un jour désobéi. Racontez en quelles circonstances. Avez-vous été puni ? Quelle leçon avez-vous tirée de cette aventure ?

### Consignes d'écriture

– Écrivez votre texte à la 1$^{re}$ personne, utilisez les temps du passé (passé simple, imparfait) et faites vos commentaires au présent.

– Dites quel a été l'interdit, racontez comment et pourquoi vous avez désobéi et quelle a été éventuellement la punition.

– Introduisez un dialogue et concluez par une moralité.

## Étudier la langue

### Le lexique du bien et du mal

**20** Donnez l'antonyme (le contraire) des adjectifs suivants : méchant, menteur, égoïste, malfaisant, malhonnête, ingrat, intolérant, modeste.

**21** Donnez le nom correspondant à chacun de ces adjectifs antonymes (ex. : cruel/tendre ; cruauté/tendresse).

**Autour du mot « bleu »**

**22** Que signifie le mot bleu dans les expressions : une barbe bleue, des cheveux bleus ?

**23** Qu'est-ce qu'une viande bleue ? un cordon-bleu ? une peur bleue ?

## S'exprimer à l'oral

### Lire et mettre en scène

**24** Jouez à deux le dialogue entre les deux sœurs (l. 117 à 148). Un troisième élève fera la voix de Barbe bleue.

Consignes de travail

– Supprimez les passages narratifs et jouez de façon à susciter l'émotion de vos spectateurs.

## Se documenter

### Un personnage historique : Gilles de Retz

■ Charles Perrault a pu s'inspirer, dans ce conte, de Gilles de Retz, Maréchal de France (1404-1440), surnommé « Barbe bleue », à cause de la **couleur de sa barbe**, si noire qu'elle en avait des reflets bleus. Il fut condamné à mort pour avoir profané une église. Mais auparavant, il était déjà en butte à des soupçons, car il pratiquait **la magie noire** et avait **enlevé des centaines d'enfants**, disparus pour toujours.

### Les demeures aristocratiques au XVIIe siècle

■ La description de la maison de la Barbe bleue montre la manière dont s'organisait l'espace intérieur à cette époque chez les nobles. Ces maisons étaient **divisées en « appartements »** attribués à chaque personne de la famille, comprenant une antichambre (entrée), une « salle » (pièce de réception), des chambres, une garde-robe, un cabinet (voir note 7, p. 29). Selon la saison et le nombre de personnes à demeure, on meublait les pièces différemment.

# Lectures complémentaires

## Lire et comparer

### Les Fées, conte de Perrault (1697)

Il était une fois une veuve qui avait deux filles ; l'aînée lui ressemblait si fort et d'humeur[1] et de visage, que qui la voyait voyait la mère. Elles étaient toutes deux si désagréables et si orgueilleuses qu'on ne pouvait vivre avec elles. La cadette, qui était le vrai portrait de son père pour la douceur et pour l'honnêteté[2] était avec cela une des plus belles filles qu'on eût su voir. Comme on aime naturellement son semblable, cette mère était folle de sa fille aînée, et en même temps avait une aversion[3] effroyable pour la cadette. Elle la faisait manger à la cuisine et travailler sans cesse.

Il fallait entre autres choses que cette pauvre enfant allât deux fois le jour puiser de l'eau à une grande demi-lieue[4] du logis, et qu'elle en rapportât plein une grande cruche. Un jour qu'elle était à cette fontaine, il vint à elle une pauvre femme qui la pria de lui donner à boire.

« Oui-da[5] ma bonne mère », dit cette belle fille ; et rinçant aussitôt sa cruche, elle puisa de l'eau au plus bel endroit de la fontaine, et la lui présenta, soutenant toujours la cruche afin qu'elle bût plus aisément. La bonne femme, ayant bu, lui dit : « Vous êtes si belle, si bonne, et si honnête, que je ne puis m'empêcher de vous faire un don (car c'était une fée qui avait pris la forme d'une pauvre femme de village, pour voir jusqu'où irait l'honnêteté de cette jeune fille). Je vous donne pour don, poursuivit la fée, qu'à chaque parole que vous direz, il vous sortira de la bouche ou une fleur, ou une pierre précieuse.

Lorsque cette belle fille arriva au logis, sa mère la gronda de revenir si tard de la fontaine. « Je vous demande pardon, ma mère, dit cette pauvre fille, d'avoir tardé si longtemps », et en disant ces

---

1. Caractère.
2. Politesse et raffinement.
3. Haine.

4. Environ 2 km.
5. Certainement.

mots, il lui sortit de la bouche deux roses, deux perles, et deux gros diamants. « Que vois-je là ! dit sa mère tout étonnée ; je crois qu'il lui sort de la bouche des perles et des diamants ; d'où vient cela, ma fille ? » (Ce fut là la première fois qu'elle l'appela sa fille.) La pauvre enfant lui raconta naïvement tout ce qui lui était arrivé, non sans jeter une infinité de diamants.

« Vraiment, dit la mère, il faut que j'y envoie ma fille ; tenez, Fanchon, voyez ce qui sort de la bouche de votre sœur quand elle parle ; ne seriez-vous pas bien aise d'avoir le même don ? Vous n'avez qu'à aller puiser de l'eau à la fontaine ; et quand une pauvre femme vous demandera à boire, lui en donner bien honnêtement.

– Il me ferait beau voir, répondit la brutale[6], aller à la fontaine.

– Je veux que vous y alliez, reprit la mère, et tout à l'heure[7]. »

Elle y alla, mais toujours en grondant. Elle prit le plus beau flacon d'argent qui fût dans le logis. Elle ne fut pas plus tôt arrivée à la fontaine, qu'elle vit sortir du bois une dame magnifiquement vêtue, qui vint lui demander à boire : c'était la même fée qui avait apparu à sa sœur, mais qui avait pris l'air et les habits d'une princesse, pour voir jusqu'où irait la malhonnêteté de cette fille.

« Est-ce que je suis ici venue, lui dit cette brutale orgueilleuse, pour vous donner à boire ? Justement j'ai apporté un flacon d'argent tout exprès pour donner à boire à Madame ! J'en suis d'avis, buvez à même[8] si vous voulez.

– Vous n'êtes guère honnête, reprit la fée, sans se mettre en colère ; hé bien ! puisque vous êtes si peu obligeante[9], je vous donne pour don qu'à chaque parole que vous direz, il vous sortira de la bouche ou un serpent ou un crapaud. »

D'abord que[10] sa mère l'aperçut, elle lui cria :

« Hé bien, ma fille !

---

**6.** Impolie.
**7.** Tout de suite.
**8.** À même la fontaine.

**9.** Serviable.
**10.** Aussitôt que.

**Charles Perrault**

– Hé bien, ma mère, lui répondit la brutale, en jetant deux vipères, et deux crapauds.

– Ô Ciel ! s'écria la mère, que vois-je là ? C'est sa sœur qui en est la cause, elle me le paiera » ; et aussitôt elle courut pour la battre.

La pauvre enfant s'enfuit, et alla se sauver dans la forêt prochaine. Le fils du roi, qui revenait de la chasse, la rencontra et la voyant si belle, lui demanda ce qu'elle faisait là toute seule et ce qu'elle avait à pleurer. « Hélas ! Monsieur, c'est ma mère qui m'a chassée du logis. » Le fils du roi qui vit sortir de sa bouche cinq ou six perles, et autant de diamants, la pria de lui dire d'où cela lui venait. Elle lui conta toute son aventure. Le fils du roi en devint amoureux, et considérant qu'un tel don valait mieux que tout ce qu'on pouvait donner en mariage à une autre, l'emmena au palais du roi son père, où il l'épousa.

Pour sa sœur, elle se fit tant haïr, que sa propre mère la chassa de chez elle ; et la malheureuse, après avoir bien couru sans trouver personne qui voulût la recevoir, alla mourir au coin d'un bois.

## MORALITÉ

*Les diamants et les pistoles[11]*
*Peuvent beaucoup sur les esprits*
*Cependant les douces paroles*
*Ont encore plus de force, et sont d'un plus grand prix.*

## AUTRE MORALITÉ

*L'honnêteté coûte des soins[12]*
*Et veut un peu de complaisance,*
*Mais tôt ou tard elle a sa récompense,*
*Et souvent dans le temps qu'on y pense le moins.*

---

**11.** Pièces d'or.　　**12.** Demande des efforts.

## La situation initiale et le début de l'action

**1** **a.** Qui sont les personnages présentés au début du conte ?
**b.** En quoi les deux sœurs sont-elles différentes ? Qui leur mère préfère-t-elle ?
**2** **a.** Quelle est la corvée imposée à la cadette ?
**b.** Quel personnage rencontre-elle ? Quelle est son apparence ? Quel est le lieu de la rencontre ?
**3** Montrez en citant des indices (temps des verbes, indication de temps) que cette rencontre marque le début de l'action.

## Les épreuves, le dénouement

**4** **a.** Qui est en réalité le personnage rencontré par la cadette ? À quelle épreuve ce personnage soumet-il la jeune fille ?
**b.** Quelle récompense cette dernière reçoit-elle ?
**5** **a.** Pour quelle raison la sœur aînée est-elle amenée à subir la même épreuve ?
**b.** Se comporte-t-elle de la même façon que sa sœur ?
**6** Qu'arrive-t-il pour finir à chacune des deux sœurs ? Dites quels ont été leurs adjuvants*, leurs opposants*. Comparez leur situation au début et à la fin du conte.
**7** Reformulez avec vos propres mots les deux moralités.

## Les personnages féminins dans *Barbe bleue* et *Les Fées*

**8** Comparez le sort des trois personnages féminins dans *Barbe bleue* et *Les Fées*.
**a.** À quelle épreuve sont-ils soumis ? Qui la leur impose ?
**b.** Quels personnages transgressent la morale ? En quoi ?
**c.** Qui se comporte bien ?
**9** Qui est récompensé ? Qui est puni ? Qui en réchappe ? Justifiez ces différences de traitement.

# Étudier une image

## *La Barbe bleue*, Gustave Doré, 1864 (voir p. 35)

**Le peintre**

**10** **a.** Qui est l'illustrateur ?
**b.** À quel siècle a-t-il vécu ?

**L'illustration**

**11** Qu'est-ce qu'une gravure ?
**12** **a.** Quelle est la scène représentée ?
**b.** Retrouvez la phrase du texte qui l'illustre.
**13** **a.** Quel personnage domine l'autre par sa taille ? Se trouve-t-il au premier ou au second plan ?
**b.** Comment les clés sont-elles mises en valeur ?
**14** Comment les personnages sont-ils vêtus ?
**15** Relevez les éléments qui rendent Barbe bleue effrayant. Quelle est l'expression de la jeune femme ?
**16** Quel effet l'illustrateur a-t-il cherché à produire ?

## Adjuvant/opposant

Le héros de conte est aidé par des adjuvants et contrarié par des opposants qui peuvent être des personnages réels, surnaturels (fée, sorcière), des objets magiques, une caractéristique morale (courage, paresse…).

## Élément réaliste

Les contes merveilleux peuvent comporter des **éléments réalistes**, c'est-à-dire qui s'inspirent de la réalité.

## Formule d'entrée

Les contes commencent en général par une formule d'entrée telle que : *Il était une fois…*, *Un homme avait…*, *Il y avait autre-fois…* Certains contes s'ouvrent sur un ou des événements qui sont les points de départ de l'action (*Un meunier ne laissa pour tous biens…*)

## Merveilleux

Les contes présentent souvent des éléments merveilleux ou sur-naturels que l'on ne peut rencontrer dans la réalité : personna-ges dotés d'un pouvoir hors du commun, animaux qui parlent…

## Moralité

Les contes de Perrault se terminent par des moralités, souvent en vers, qui tirent des leçons des contes.

# Les définitions clés

## Narrateur

Le narrateur est celui qui raconte l'histoire. Il peut être personnage de l'histoire (récit à la première personne) ou absent de l'histoire (récit à la troisième personne). Le narrateur peut intervenir au cours du récit, en apportant des précisions et en faisant des commentaires.

## Personnification

La personnification est une figure de style fréquemment utilisée dans les contes merveilleux. Elle consiste à attribuer des comportements et des sentiments humains à un animal ou à une chose.

## Suspense et dramatisation

Le narrateur du conte joue souvent sur les émotions du lecteur en installant la peur et en créant des effets d'attente.

## Structure du conte et forces agissantes

– **La situation initiale** : elle est celle des personnages au début du conte. Le personnage principal est souvent en quête de quelque chose qui lui manque : mariage, enfant, argent, désir de découvrir le monde…
– **L'élément déclencheur** : un élément vient perturber l'équilibre de la situation initiale. L'action est souvent signalée par une expression telle que : *Or il advint que, Un jour…* et par le passage au passé simple.

– **Les actions** sont constituées des épreuves que doit affronter le héros. Il est aidé par des adjuvants (personnages qui l'aident) et contrarié par des opposants.

– **Le dénouement** est la dernière action qui permet au conte de se clore. Il peut s'agir d'un mariage, d'une récompense, d'une punition, d'une réconciliation.

– **La situation finale** présente un nouvel ordre des choses : généralement dans les contes, une situation heureuse pour les bons, malheureuse pour les méchants.

## Transgression

De nombreux contes présentent un personnage qui désobéit à une consigne, qui transgresse un interdit.

## Visée d'un conte

Un conte vise à divertir. Il a souvent aussi une visée éducative (visée morale) : il montre les méchants punis, les bons récompensés. Le conte peut avoir une visée explicative : il propose des explications sur la création du monde ou sur la particularité d'un animal, d'une plante…

## Table des illustrations

2, 5, 15, 35  ph © Archives Hatier
7             ph © Archives Hatier/DR
27            ph © Akg-images

16, 17, 18, 19, 20, 21, 22, 23, 24, 25, 36, 37, 38, 39, 40, 41, 42, 43 et 44
(détail) ph © Archives Hatier


**Iconographie :** Hatier Illustration
**Principe de maquette :** Mecano-Laurent Batard/Graphisme
**Mise en page :** Graphisme

Achevé d'imprimer en France par EMD à Lassay-les-Châteaux - N° 19587
Dépôt légal N° 106556 - Août 2008